울지 마라,
잘 살았다

울지 마라, 잘 살았다

펴낸날 2021년 2월 25일

지은이 이신남
펴낸이 주계수 | **편집책임** 이슬기 | **꾸민이** 이슬기

펴낸곳 밥북 | **출판등록** 제 2014-000085 호
주소 서울시 마포구 양화로 59 화승리버스텔 303호
전화 02-6925-0370 | **팩스** 02-6925-0380
홈페이지 www.bobbook.co.kr | **이메일** bobbook@hanmail.net

© 이신남, 2021.
ISBN 979-11-5858-755-0 (03810)

울지 마라, 잘 살았다

이신남 시집

밥북
B·OO·K

자서

    소로우가 홀로 숲을 산책하면서 '월든'을 펴냈듯
그리움으로 눈물꽃을 피우며 지낸 일 년의 시간
당신이 내게 주는 마지막 선물인 세 번째 시집을
당신의 첫 기일에 바친다.

2부/ 햇살 병동 일기

3부/ 그리움이 그리움에게

跋文/ 삶의 경계와
아타락시아

1부

생,
그리고
숨

입김

따뜻하다
한 이불 아래서 잠옷 차림인 채
네가 나를 부르고
내가 너를 부를 수 있을 때
이 세상 어느 것 하나도
녹아내리지 않을 것이 없다는 사실
오래도록
내 입김으로 너를 깨울 수만 있다면

교감

가슴과 가슴이
볼과 볼이
서로 부비고 있을 때
손등의 핏줄은
손가락 마디마디를 흘러내린다
폈다 오므렸다를 몇 번이고 반복하는 순간
혈관 깊숙이
모세혈관까지 타고 내리며
만들어 내는 문장
아!
사랑은 단모음이다

외딴 방

펼쳐 놓은 침구가
벽면의 창문이
삼단 서랍장까지
네모 아닌 것이 없는
그 자리
혼자 누우니
힘든 하루가 되고
나란히 누우니
애틋한 눈빛이 되는,
고독에도 향기가 있다는 것을
당신의 방에서 알 수 있었던
그날 이후

청천벽력

몇십만 원을 주고
해마다 하는 검진에서는 소용이 없었던
흔하지 않은 암세포종이라 치료 약도 없는
이미 뼈까지 전이되었다는 소리를 듣고
다리가 휘청거려 주저앉았던
침샘암,
서울대병원 암센터에서 내린 병명
치료 약이 없단다

당신의 침샘은 막히고
내 눈물샘은 터졌던
그날은 2018년 8월이었다

마음의 길

내 안에 길 하나 있다
넓은 아스팔트 길이었다가
때로는 몸 돌릴 수조차 없는
좁은 골목이다
숨 가쁘게 달려온 시간 속에서
한낮의 기온보다
당신 체온이 높다는 것을 알았을 때
마음의 길은
막다른 골목을 향하고
내 심장 박동은
제 박자를 놓치고 말았던 한여름 밤
몸보다 마음 가누지 못해
지독한 한기를 느꼈던 그 날
이정표마저 끊어져 버린 마음의 길
다시 찾을 수 있다면

유배지 일기 1

늘밭마을, 자연 속이다
유배지라고 굳이 이름을 정한 이유는
써니포 친구 중에 유독 남편을 좋아하는 친구가
내게 내린 벌이라며 유배를 보낸 거라고 했다.
유머 감각이 뛰어난 친구다
방 한 칸에 작은 거실
편백으로 만든 좁은 집
마흔다섯 평 넓은 집을 텅 비워 놓고
서너 평 남짓한 공간에서
소꿉 살림을 차렸다
산길을 걸으며 자연에 묻힌 채
손을 잡고 걷고 또 걸었다
다리가 걸음을 허락하는 날까지
맑은 공기를 마시며
웃음을 울고
울음을 웃으며 그렇게
당신과 나의 가을을 보내기로 했다

유배지 일기 2

써니포(기령, 말임, 정임, 신남),
하나같이 예쁘고 마음이 바다 같은
친구들이 오는 날이다
인적이 드문 이곳에
내 가족만큼이나 소중한 친구들이 온다
아침부터 들뜬 기분이다
마치 신혼집을 차린 둘만의 공간에
집들이 오는 친구를 기다리듯
푸짐하다
이것저것 남편을 위해 챙겨 온 것들로 거실이 비좁다

남편도 나도 써니포 친구들도
종일 하마 입이 되었던 시간
웃음을 남긴 흔적이
편백으로 만든 벽면에 함께 배였다

유배지 일기 3

산길을 걸으며
밤도 줍고 도토리도 주웠다
속세를 벗어난 사람들처럼
세상 돌아가는 것은 까마득히 잊은 채
오로지 암과 싸워서
이겨야만 한다는 생각으로 자연을 벗 삼았다
당신 친구들이 오고 가고
직원들이 오고 가고 좁은 거실에 앉을 수 없을 만큼
날마다 손님을 맞이했다
밤은 밤대로 낮은 낮대로
멀리서 가까이서 한없이 고마운 마음이다

통증이 오기 시작했다
준비한 약으로도 견딜 수 없는.
일 년을 계약하고 들어간 유배지 생활은
그렇게 삼 개월로 막을 내리고
다시 집으로 왔다

생, 그리고 숨

응급실 침대
그곳에서의 소리는 다급한 비명들이다
침상마다의 신음 소리와
산소 호흡기를 단 채 구급차에 실려 온,
심장박동기계는 한줄기 리듬으로
주기적인 파동을 일으킨다
숨 쉰다는 것은
헤아릴 수 없는 시공간에서의 중심축
하나뿐인, 단 한 번뿐인 목숨
그 순간에서
의식을 놓으면 한쪽으로 기울어
생의 절실함이 저울질 되는
일상의 매 순간들이 행운이라는 것을
한밤중 응급실에서 느끼며
'이만큼이길 다행이다'
안도하면서 내쉬어보는 숨
생, 그 안에서 숨쉬기란
못 갖춘마디가 되어서는 안 되는
갖춘마디로 이어가야 하는,
한 번 놓치면 도돌이표가 없는

눈물은 수액이 되고

가볍다
쥐었던 것 다 놓아버리고
오직 받아들일 수 있는 건
찰싹임도 없이
초로인생의 길 따라 흐르는 액체
긴 막대 하나를 중심축으로 두고
생명의 곡선들이 연결된 관에서는
맑은 수액이었다가
석양에 물든 바다 빛이었다가
붉어서 더 아픈 선홍빛이다
애써 침묵을 지우며
산수유 피는 봄날 기다리는데
자꾸만 눈치도 없는 콧물이 방해를 한다
마음 안
당신의 전부로 물들어 있어
더 기댈 수밖에 없는 나는
수혈 중인 당신의 맑은 눈빛을 보다가
눈물이 수액 되어
두 볼을 타고 있음을 들키고 말았다

투병일기 1
– 항암치료를 받으며

바람이 분다
풀을 눕히는 바람이 분다
시간이 흐를수록 거세지는 바람으로
더는 못 견디는지 제풀에 지쳐
갈수기 논바닥처럼
땅으로, 땅으로만 제 몸 눕히고 있다
어쩌나 어찌해야 하나
내 눈물 네게 스며서
너를 다시 세울 수 있다면
천번 만번
날마다 흘러내리고도 남을 것을

투병일기 2
- 응급실에서

이웃집 드나들 듯 다니면서
그렇게 1년이 지난다
새벽 3시 다시 응급실행
열이 오르고 내 심장 박동도 오르고
아파하는 당신 옆에서 아무것도 할 수가 없다
춥다면 이불을 당겨 덮어 주고
할 수 있는 건 기도뿐
조금이라도
덜 아프게
고통스럽지 않게

수액이 혈관을 타고 내린다
내 눈물도
두 뺨을 타고 내리는 지금
슬픔에 익숙해져 버린 시간이다

투병일기 3
– 항암치료를 받으며

암 병동 101동 5호 2인실이다
1인용 침대
거대했던 킹콩 한 마리 누웠다
갈수록 살이 내린다
누가 환자고 누가 보호자인지
당신 옆에서 팔베개에 누워본다
가끔씩 신경이 건들리는지
의지와 다르게 눈도 입도 찡그리는 모습
자면서도 아프나 보다
그래도 잘 견뎌주는 당신이 고맙다

자장가처럼 들리는
고른 숨소리가 편안해서
나도 당신 옆에서 잠깐 잠이 들었다

투병일기 4
- 항암치료를 받으며

멀리 남해에서 어머니가 오셨다
그 마음 어찌 다 표현할까

태산 같은 내 새끼
두꺼비 같은 손이 이리 에비지삐고
우짜꼬
우짜꼬
우짜것노

투병일기 5
– 항암치료를 받으며

손으로 머리를 만졌다
텔레비전 드라마에서 볼 수 있었던
머리카락이 빠진다
한 무더기 뭉텅 빠질 때마다
가슴이 철렁 내려앉는다.
"괜찮아요
당신은 두상이 잘 생겨서
오히려 머리카락이 없는 게 더 멋있어요"
달래는 내 마음이 천근만근이다

투병일기 6
– 항암치료를 받으며

시간 틈틈이 짧은 여행을 했다
가고 싶은 곳
부부로 연을 맺어
부산에서 신혼살림을 차렸던 집부터
우리 집이라 부를 수 있었던 아파트
지난날 추억이 남은 자리를
간식도 챙겨가면서
데이트 삼아 마음껏 다녔다

먹고 싶은 것도 사 먹고
먹지 못했던 것도 먹어 본다며
오히려 받아들이지 못하는 나를 달래며
당신은 그렇게
생의 마지막을 챙기고 있었다
영정사진까지

투병일기 7
– 마지막 항암을 하고

교수님의 회진 시간
더 이상 할 수 있는 게 없다며
호스피스 병동을 예약하자고 하시는 말씀에
또 한 번 마음이 무겁다
외출 허락을 받고
집에서 당신을 위해 마지막 밥상을 차려본다
먹을 수 없다는 것을 알면서도
가족끼리 식탁에 앉아 밥상을 받는 것이
말하지 않아도 마지막임을 알기에
침묵이 침묵을 낳고 있는
그 무게에 짓눌려
그냥 소리 내어 울고 말았다

2부

햇살 병동 일기

햇살병동일기 1
– 호스피스 병동 13호실

작은 컵으로 화분을 만들고
한 송이씩 꽃을 꽂아 꽃 화분을 만들어 놓고는
당신 줄라고 내가 만들었다
자 받아라
마약 진통제가 들어가고 있는 순간에도
밝은 표정 지으며 건네는,
눈물 없이 받을 수 없었던,
붉은 꽃다발
당신이 내게 주는 생의 마지막 선물이었던
그날은
2019년 12월 26일
호스피스 병동에서의 첫날밤이었다

햇살병동일기 2
– 호스피스 병동 13호실

당신의 숨소리를 들으며

나는 간이침대 벽면으로 고개를 돌린 채

모로 누웠다

눈을 감고 울음을 참았지만 자꾸 눈물이 난다

언제까지 당신 숨결을 느낄 수 있을까

아기를 키우듯 기저귀를 갈고

조금이라도 더 먹을 수 있도록

죽을 끓여 한 숟가락씩 입으로 넣을 때마다

받아먹는 모습

나를 사랑해 준 만큼

내 전부를 다해

간병을 할 수 있는 기회를 줘서

고마운 마음이다

햇살병동일기 3
– 호스피스 병동 13호실

코로 연결된 산소 방울이
적당히 뽀글거린다는 것은
당신이 편안하게 보내고 있다는 신호다
눈을 감고 잠든 당신 모습을 보며
옆에 눕고 싶었다
예전처럼 그렇게 팔베개도 하고
어리광도 피우며 장난도 치면서.

잠든 당신 옆에서 손톱을 깎인다
발톱도 깎이고
젖은 수건으로 얼굴을 닦이니
너무 잘 생겨서 잠든 얼굴에
몇 번이고 해 보는 입맞춤이다

햇살병동일기 4
– 호스피스 병동 13호실

인생전환

다시 아기가 되어버린 당신

참을 수 없는 고통이 갈수록 늘어나는 시간

마약 진통제가 쉴 새 없이 들어가는 순간에도

젖먹이 아기가 엄마를 찾듯

나를 찾는 당신에게

입을 맞추고 눈빛을 마주한다

여보 내가 누구예요?

당신 이신남 내가 사랑하는 사람

햇살병동일기 5
– 호스피스 병동 13호실

온전한 마음이다
가까이 마주하며 내 손을 잡는 당신
무슨 말을 하꼬
사랑한다는 말밖에
싸움도 사랑이었고
투덜거리는 것도 사랑이었다
흘러내리는 내 눈물을 닦아주며
울지 마라
잘 살았다 아이가
애들 잘 키워줘서 고맙고
내 마누라여서 고맙다

여보
당신이 내 남편이어서 고맙습니다

햇살병동일기 6
– 호스피스 병동 13호실

결혼 27주년이다
호스피스 병실에서 맞이하는

기념일마다 꽃으로 선물로
나를 행복하게 해 준 당신에게
이승에서의 마지막 기념일인 오늘
우리는 파티를 했다
특별한 결혼 기념이라
아들 재원이 재준이가 함께 했고
당신 친구들 몇 분과 복지사님들
그리고 꽃다발을 준비해서
찾아와 주신 소율 스님
축하의 자리에 참여해 주신 분들 틈에서
환자복 차림으로
검은 나비넥타이를 하고 나온
당신 패션이 너무 멋있어서
서로가 꽃 화관을 머리에 쓴 채
마주 보며 슬픔을 웃고 있었다

햇살병동일기 7
– 호스피스 병동 13호실

섬망이 잦았다

보고 싶다 다 보고 싶다
엄마도 보고 싶고
재원이 재준이도 보고 싶고
날마다 옆에 있는
사랑하는 당신도 보고 싶다며
나에게 입맞춤을 하는 당신

이 고비만 넘기면 낙원이다
허공을 보며 손짓하는 당신
저기
나비 한 마리가 날아가네
손으로 한 움큼 쥐며
목단도 있고
병실 맞은편 창문 밖 옥상에
병원장이 손을 흔들고 있다 하신다
바람에 흔들리는 갈대다
나는 받아줄 수 있는 대답이 많아

차라리 침묵할 수밖에 없었다
그것이 현명한 답이다
당신 나 사랑해?
철부지 아내의 잦은 질문에
'그걸 꼭 말로 해야 되나'라고 하셨던
예전 당신의 말처럼

햇살병동일기 8
- 바람꽃

이 고비만 지나면 낙원이다
호스피스 병실 생명의 끝에서
창백한 낯빛에
맑아서 더 슬픈 눈동자가 피운
이월 목단
당신의 숨결과 맞바꾼
세상 끝에서 향기 없이 핀
바람꽃 한 송이

햇살병동일기 9
- 호스피스 병동 13호실

변비가 오래도록이다
관장을 해도 연속되는

당신을 안고 변기에 앉아
당신보다 더 세게 내가 용을 써도
나올 줄 모르고 항문 끝에서 멈춘

의료용 장갑을 끼고 젤을 발랐다
당신이 힘들어하는 모습을 보고
내가 할 수 있는데 까지는 해 봐야지
당신 항문에 손가락을 넣었다
돌인지 똥인지
딱딱하게 굳어져 나오는 것이
작은 돌멩이다
항문이 찢어졌는지 핏물이 나오고
내 가슴은 찢어져 피눈물이 나오고

첫 경험이다

햇살병동일기 10
- 호스피스 병동 13호실

당신이 말했다
살다 보니
감정표현이 가장 잘 되는 것이 눈물이더라
잠들지 못하는 밤
새벽 2시를 넘기고
10 20 25 30 40
자기야 왜 숫자를 말해
돌아보는 거지
입사 20년 만에 지점장 달고

자기는 언제가 제일 좋았어
지점장 되었을 때?
아니 지금이 제일 좋다
회사도 그만두고 둘이서 이렇게
날마다 함께 붙어있으니
그러고는 내 손을 꼭 잡는 당신
사랑합니다
그리고 고맙고 미안합니다

모든 관계는 통증인 것처럼

햇살병동일기 11
- 당신의 말

겁나고 두렵지요?
두려울 게 뭐 있나
할 거 다 해 보고 조금 일찍 가는 거지
그동안 고생 많았다

장례식 때까지만 울고 더는 울지 마라
많이 울면 내가 저승도 못 간다
우리 장남은 맏상주니
조문객들 잘 받아 모시고
차남은 형아랑 엄마 말 잘 듣고
어떤 일이든 셋이 의논해가면서
잘 살아야지
행복하게 잘 살아라
당부하고 또 당부하던 당신의 말

햇살병동일기 12
– 호스피스 병동 13호실

결혼기념일 새벽 1시에
호스피스 병실에서
당신 속옷 다홍색 팬티를 씻었다
많이 묻은 대변에
속이 시원했을
당신을 생각하며
냄새도 향기였던 날

당신이 내게 남긴
마지막 손빨래였다

햇살병동일기 13
- 호스피스 병동 13호실

재원 아빠!

내 목소리 들리나요?

옆에 있을 시간이 며칠 남지 않았다고

당신을 보낼 마음준비를 하라는데

뼛속까지 파고드는 상실의 아픔

나는 어찌 견뎌낼까요

지금 이 상황이 꿈이라면 얼마나 좋을까요

아무리 생각해도

믿기지 않는 현실 앞에서 자꾸만 눈물이 납니다

많이 사랑하고 또 많이 고맙고 미안해하며

함께했던 시간들

이제는 이별할 시간이 가까워지는데

아무것도 모르고 잠만 자는 당신 옆에서

나는 어찌해야 합니까

엊그제 잠든 당신 몸을 닦으며

내 목소리 더 또렷하게 들을 수 있도록

귀청도 깨끗하게 후비고

힘없이 뜬 당신 눈동자가 유난히 빛이 나서

내 눈에 오래도록 담았는데도

그 눈빛 다시 마주하고 싶습니다
거칠어지는 숨소리
혀가 말려들어 더는 불러 주지 못하는
여보야 소리
천번 만번 평생을 불러야 할 소리를
이제 다 불렀나 봅니다
한 번만 더 듣고 싶은 말은 욕심일까요
당신 이신남 내 각시
예쁘다
참 예쁘다고 말하는 그 입술에
내 입술 포갤 수 있도록

햇살병동일기 14
- 호스피스 병동 햇살방

밤 12시 1인실로 옮겼다
시간이 얼마 남지 않았다고 한다
조용히 클래식을 틀어 놓고
밤새 당신 옆에서 심심하지 않게
둘이서 함께 했던 이야기를 들려주었다
처음 만났던 날부터 결혼 이후의 삶까지
한 편의 라디오 드라마를 청취하듯
당신이 듣고 있으리라 생각하면서.

소독된 거즈로
입안 구석구석을 닦이고
깨끗한 수건으로 얼굴을,
그리고
손가락 발가락 사이사이를 닦이면서
애써 준비하고 싶지 않은 이별 앞에서
새벽이 가까이 올수록
흐느낌은 그렇게 곡조가 되고 있었다

햇살병동일기 15
– 호스피스 병동 햇살방

새벽 6시
샤워를 하고 싶었다
머리도 감아야 한다는 생각을 하며
귀에다 자기야 샤워하고 올게
조금만 기다려주세요 라고 했다

씻고 머리를 말리는 동안
고르지 못한 숨소리였지만
들을 수 있다는 것에 감사했다
감은 듯 떠 있는
당신의 눈이 불편해 보여
간호사를 불렀다
눈 위에 손수건을 올려주란다
산소포화도가 높다
혈압도 맥박도 고르지가 않다
그래도 남은 온기가 있다
집에서 자고 있는 작은아들을 불러라 한다
당신의 발과 다리와 손에 입을 맞췄다

제 박자를 놓치며 급하게 뛰고 있는
당신 심장에 내 손을 얹었다
한때 서로 사랑했던 그 감정만큼 팔딱이는,
그리고
두 눈을 편안하게 감겨드리고 싶은 마음에
깨끗이 소독된 거즈를 올렸다
왼쪽 눈 위에 하나를 올리고
더 거센 숨소리를 들으며
오른쪽 눈 위에 또 하나의 거즈를 올리며
재원 아빠 눈 편안하게 감고 있어요 하는 그 순간
당신의 숨소리가 그쳤고
그렇게 팔딱이던 심장이 멈췄다

살 부비며 사랑했던 한 사람의 생이 끝나는 날
2020년 2월 11일 오전 7시 13분
내 심장도 멎을 것 같았던 이별의 순간이었다

차이

눈 붙이다와
눈 감다의 차이를
음력 일월 열이렛날
오전 일곱 시 십오 분에
당신이 나에게
가르쳐 주셨습니다
목젖이 터져
떨어져 나가도록
울며 애타게 불러도
깨어나지 않는다는 것은
다시는 눈 뜰 수 없는
'눈 감았다'라고 해야 한다는 것을

당신 옆에서

웃음은
기적의 호르몬을 분비한다기에
슬픔도 웃고 아픔도 웃었다

인간에게 있어
36.5°가 정상 체온이라면
마음의 온도는 몇 도이며
지금 글을 쓰면서 흘리는
내 눈물의 온도는 몇 도일까?

평정심을 잃어
마음이 수평을 이루지 못할 때가
부쩍 늘어났던 때
한겨울 모진 칼바람만큼이나
아프게 찢어지는 고통을
참고 견디는 당신 옆에서
내가 할 수 있는 건
활화산의 용암보다
더 뜨겁게 흐르는 눈물뿐이었던

장례식장 특 1호실

내 이름 앞에
미망인이라는 글자가 붙어있다
날마다 신남 신남으로 살았는데
감은 눈으로 한없이 눈물을 흘렸다

입관

삼베로 입힌 수의에 똘똘 뭉쳐있다
양손과 양발을 묶고 가슴을 묶고
물기 빠지지 않은 통나무처럼 누워있는 당신
차갑다
이마와 양쪽 볼에 얼굴을 갖다 대고 입맞춤을 했다
두 눈과 양쪽 볼에
그리고 '여보야'를 셀 수 없이 불렀던 그 입술에
고인의 몸에 눈물이 떨어져서는 안 된다는
장례지도사의 말은 내 귀에 들리지 않았다
투덜거리며 싸우기도 몇 번이지만
한없이 사랑하고 속살 부비며 살았던 당신
다시는 볼 수 없는 이승에서의 마지막 인사다
삼베로 만든 이불을 덮고
장미로 장식된 관 속에 당신을 눕혔다

꽃밭이다

화장火葬

분쇄기 돌아가는 소리가 요란하다
고르게 아주 고르고 부드럽게
구름 한 뭉치 만들 듯 그렇게
입김 한 번으로 훨훨 날아갈 수 있을 만큼
푸른 하늘에서 햇살과 함께
소리소문없이 춤추듯 날아갈 수 있을 만큼
한 방울의 물기도 닿으면 안 되기에
산달, 자궁 속 양수보다 많이 쏟을 것 같은
눈물을 거두기 위해
슬픔의 구간은 잠시 접어두기로 했다

영정을 품고

한 줌의 재로 변한
남편을 안고 장지로 가는 중에
어두운 내 마음과는 달리
하늘이 참 맑고
태양은 더 빛나고 있음을 보고
남편이 내게 보내는
응원의 빛이 아닌가 생각했다

계절이 어찌 바뀌었는지도 모른 채
몇 달 만에 본 하늘
구름과 구름 사이에서
유독 검은 새 한 마리가
비상을 하고 있는 것을 보면서
어쩌면 남편의 영혼일지도 모른다는 생각에
달리는 차 안에서도
한참을 바라보고 있었다

장지 가는 길 끝까지
가족들 무사하기를

지켜주기 위한 것이 아니었나 생각도 하면서

2020년 2월 15일

당신의 영정을 안고 장지로 가는 길에

하관

불의 온도가 아직 남아서인지
당신 체온만큼이나 따뜻한
유골함을 꼭 껴안았다 그리고
정성껏 당신을 눕혔다
흙 한 줌을 뿌리며 고마움을 표하고
또 한 줌으로 미안함을 표하고
마지막 한 줌은 사랑을 표했다
고인이 된 당신 이름 옆에 새겨진
내 이름 세 글자
슬픔이 주는 위안이다

3부

그리움이 그리움에게

무제1

너거 아배 뫼 만들고
돌아설 때도
뒷산 뻐꾸기가
저리 울어샀더마는
천금 같은 내 새끼
땅에 묻은 오늘도
뻐꾸기가 저리 울어샀노

뻐꾸기 울음보다 더 슬픈
내 어머니의 가슴앓이다

무제2

아가 내다
우짜것네 전화를 할라꼬
어제도 몇 번이고
손에서 전화기를 들었다 났다 했다
혼자 이불 싸매고 울끼다 싶어
마음대로 전화도 못 하고.
고상 마이 했다
옆에서 한시도 안 떨어지고
눕히고 앉히고 똥오줌 받아내고
니가 울매나 야무치게 닦이고 씻기고 했노
태산 같은 내 아들 각시 사랑 다 받고
편안하이 좋은데 갔은께네
언자 눈물은 그만 흘리거라이
산 가슴엔 살이 차고
죽은 가슴엔 풀이 찬다 캤다
언자는
아들 둘 보고 정신 차리고 살아야제

아! 어머니 내 어머니

그리움이 그리움에게

환청 속에서 그리고 흔적에서
세월이 흐르고 있다
당신으로부터의 마음이 멀어질까 두려워
혼자만의 시간을 가져도 보고
당신에게 빠져 울어 본 날들을
생각하면서 또 한 번 눈물을 흘린다

가끔은 그 먼 나라에서도
나를 위해
당신도 울어줄 수 있을까 생각하면서
잃어버린 사랑이
잊어버린 사랑이 되지 않게끔
당신과 나 우리 서로
그리움의 시간들은 비워두기로 하자

뒤돌아보면서

당신에게
내 전부가 스며드는 날이 있다
햇살이 눈 부셨던 길을 걸을 때
노을이 예쁜 바다가 보일 때
당신과 불렀던 노래가 들릴 때
함께 먹었던 식당을 지날 때
당신과 앉았던 벤치를 볼 때
함께 갔었던 암자를 찾을 때
그럴 때마다
나는 그리움과 전쟁을 한다

그리움 헤매다

손잡이부터 꼭지까지
틈새 하나 없이 매끈한 우산을 잃어버렸다
뼈대가 튼튼해서
비바람이 몰아쳐도 끄떡없고
고운 빛에 펼친 모양마저 반듯해서
하늘이 훔쳐 갔을지도 모르겠다

내게 온 그날부터 궂은날은 어김없이
온몸으로 자신을 적시며 나를 감싸주던 너
장대비가 쏟아지는데
아무리 둘러보아도 이제는 내 곁에 없다

바람에 흔들리는 나뭇잎이 되기 싫어
마음 곧추세우며 부칠 수 없는 편지를 써 놓고
비를 맞으며 우체국 앞을 지나간다

가슴을 적셔 본 사람은 안다
빗속에서 젖은 옷을 말린다는 건
쓸쓸함이 배인 그리움이라는 것을

풀

둑길을 걷다가
누워있는 너를 본다
밟히고 씨실수록
더 진하게
자신을 드러내는 풀잎

베이는 순간
네 향기
네 상처가 더 빛나서
코끝까지 찡한 너는
아린 가슴으로 피운
한 송이 눈물꽃

갈수기 이후

나무가 죽었다
나목裸木이면 새순이 돋겠지만
뿌리째 뽑혀버린 나무는
우리 집 베란다에서 가장 키가 컸고
잎도 무성했었다
꽃 피우고 열매 맺은 지 엊그제인데
어느 순간 마른 가지로
뿌리까지 파고든 벌레 한 마리
제 몸인 양
약으로도 죽이지 못 하는 알들을
전신에 뿌려 놓았다
해충 약을 뿌릴수록 말라가는 나무를 보고
한 사람의 모습을 그리고 있다
경자년 이월에서 멈추어 버린,
아직은 넘기고 싶지 않은 마음의 달력
그대로 두고 있는 것처럼

망각의 나이

익숙해져 버린 행동이 많다
먹다 남은 된장국을 데워놓고
현관을 나갔다가 다시 들어오고
베란다 물 흐르는 소리에
수도꼭지를 확인하고
자동차 키를 가방에 넣어두고
탁자 위를 뒤적이고
우산을 차에 두고
우산꽂이를 뒤적이고
책을 읽다가
읽은 페이지를 뒤적이고
잃어버렸다고 생각했던 물건을
뒤적이다 찾았던 기쁨처럼
뒤적뒤적 뒤적이다
그렇게
어느 순간 당신도 나타날 것 같은

화장증명서

서랍을 열다 화장 증명서를 보았다
고인의 이름이 있고
주민번호가 있고 사망일이 있었다
동시에 떠오른 그날의 기억들
남편의 이름이 쓰인 전광판에
화장이 진행 중이라는 번호판의 글자와
화장이 완료되었다는 방송이 나왔던

얼마나 뜨거웠을까

서울대병원 동의서

컴퓨터 바탕화면에 깔린 한글파일에서
서울대병원 동의서라고 적힌 것을 클릭한다
진료기록 열람 및 사본발급 동의서
당신이 두드렸을 좌판을 보고
그때 그 시간 지금 내가 앉은 자리에서
당신의 체온을 느끼려
한참 동안 파일을 닫지 못했다
그날은 2018년 11월 15일
서울대병원으로 간 위임장에 남은
흔적이다
날카로운 칼날에 베인 듯 마음이 아프다

운무

하얀 꽃들이 사선으로 핀다
몽글거리며 둥글게 피기를 바라보지만
갈래로 흩어져 산허리를 감아 도는 모양새가
저 안에 분명 아픔이 스며있고
한 아름으로도 안을 수 없는
슬픔이 배여 있다
연기 통을 빠져나오는 굴뚝에서,
끓어오르는 수증기에서 알 수 있듯
이미 고통을 동반한 끈이 있었을 것이다
안개꽃이 향기가 없는 이유를
너를 보내고 난 후에야 알 수 있듯

마음자리

일방통행 길을 가운데 두고
바다와 내가 마주 앉았다
태풍 마이삭이 오고 있다는 일기예보를
무시하고 찾은 작은 카페
3시를 알리는 라디오에서는
알아듣지 못하는 팝송이 흐르고 있다
따뜻한 수제 자몽차를 시켜 놓고
멀리 수평선을 바라보는데
물결 따라 움직이던 기러기 한 마리
배회하는 날갯짓이 예사롭지 않더니
비상하듯 내게로 향하는 저 몸짓

아! 당신이다

슬픔이 읽어 내린

의자에 마음을 앉히고
바다가 쓴 서툰 글씨를 본다
바람은 머리카락으로 그립다고 읽었고
파도는 눈가에 소금기를 적셔가며
사랑했다고 읽는다
시침도 없이 움직이는 부표 하나
천만번을 넘게 제 몸체 흔들며
써 내린 문장
"오늘은 못 견디게 당신이 보고 싶습니다"
입술을 깨물고 읽어 내린

바다를 보면

바다를 보면
울음이 웃음이 될 줄 알았고
좁은 마음이 넓어질 줄 알았다
그러나
울음은 더 깊었고
마음은 더 좁아졌다
바다는 그냥 바다였다

유족연금

하늘나라에서도 가족을 위해
한 달에 한 번 월급을 보내는
당신이 고맙다

꿈속에서 1

당신을 보내고 꿈속에서 만났다
환하게 웃는 모습으로
나를 바라보는 그 눈빛이 좋아서
당신에게 달려가다가 잠에서 깬
혹여 다시 꿈꿀 수 있을까
눈을 감아 보았지만 볼 수 없었다
꿈속에서도 아름다운 이별이다

꿈속에서 2

꿈속에서 나를 안아주고
꿈속에서 내 얼굴을 쓰다듬고
꿈속에서 바닷가에 나를 놓아두고 간 당신
어둠이 짙어질 때까지
모래로 두꺼비집을 다 지었는데도
돌아오지 않는 당신

눈물이 쓴 문장

눈빛과 눈빛 사이에서
눈물로 써 내린 당신의 말

'어느 자리에서든지 기죽지 말고 당당하게 잘 살아라'

홀로서기

브로드웨이 호텔 206호실
자정을 넘긴 텔레비전 뉴스에서는
집중호우에
부산에서는 두 명이 사망했다는 소식이 전해진다.
인생은 그런 거다
화려한 날 있으면 어두운 날이 있고
가슴에 못을 박는 날 있으면
가슴에 못을 빼는 날도 있는 것
어둠을 밝히려 불을 켜고
밝음을 죽이려 불을 껐다
보이지 않는 곳이지만
당신과 나는
마음 안에서 마주 보고 있다는 것을 안다
낯선 곳에서 처음으로 혼자서 잠을 잤다

4부

아름다운 이별, 당신을 보내고

아버지께

정재원

추억은 그리움으로 쌓여가고
당신 넘어져도 꽃길에서
넘어지게 해 주려 했건만
뭐가 그리 급해 발걸음 재촉하셨는지요

술에 취한 듯 짧은 만남 속에
눈물로 당신 처음 만나
눈물로 당신 떠나보냅니다

아버지
부디 다음 생 있다면 서로를 붙잡고
긴 시간 함께 있기를 소망합니다

세월이 가 사진이 바래도
당신 나를 잊지 마세요
당신이 만들어 준 추억은
나에게 과분했습니다

다음 생애는

당신과 나

우리 서로 역할 바꿔 내려옵시다

그곳에도 봄이 오고 있나요?

이 향 희(시인. 수필가)

　하얀 연등으로 피워 올린 그리움에 답장 되어 떨어진 꽃잎편지.

　그곳은 그리도 멀어 다시 오지 못할 곳이라 하건만 먼 길을 돌아 예까지 닿도록 눈물 자국 마르지 않은 걸 보니 마음이 아려옵니다.

　북망을 향해 손끝 오므려 실어 보낸 동생의 눈물에다 제부弟夫의 마음 보태고 보태어 마를 새가 없었던 걸까요?

　순백의 꽃엔 눈물이 짓물러 온통 얼룩져 있습니다.

　끝까지 남편이고 아버지여서 차마 흘리지 못했던 눈물이 저 여린 꽃잎에 다 쏟아졌나 봅니다.

　목련화 피고 지며.

　바다와 고향 집을 안고 앉은, 햇살 가득한 장지에 제부를 앉히고 오던 날, 그 옆자리 아내의 자리까지 단정히도 앉혀 놓은 것을 보며 어떤 든든함이 언니로서의 무거운 마음을 한결 덜어주었던 걸 기억합니다.

　그렇게 보내고 연해 맞은 얄밉도록 흐드러진 봄날, 밑자리 하얗게 꽃잎 떨구기 시작한 백목련을 보며 두 사

람의 경계 없는 연서戀書가 저리 피고 지고 있구나 했었
지요.

다시 봄이 옵니다.

제부 떠난 지 꼭 일 년이 되네요.

유족연금을 하늘에서 남편이 보내는 월급이라며 지아
비의 울안에 함께 살고 있는 동생이 기특하고 짜안해집
니다.

봄이 오듯 제부가 다시 돌아온다면 얼마나 좋을까요?

아프다는 선고 이후 멈춰버렸다는 시간, 그래서 더 촘
촘한 부부의 시간으로 채운 병동 생활과 이후의 바람과
빗물에 실어 주고받았던 그리움들이 진한 사부곡思夫曲
의 시집이 되었습니다.

글자마다에 흐르는 순결한 슬픔. 시어詩語에 담긴 애틋
한 부부애, 마침내 시혼詩魂으로 깃든 제부의 전부!

함께 일궜던 생을 송두리째 반추하여 지아비의 혈관
속에 추억으로 흘려주었던 병동 생활이 다시 회억이 되
어 햇살 한 올, 바람 한 움까지 시로 담아 제부에게 부
치는 그리움의 소포. 기쁨과 반가움이 새어 나와 벙긋
한 제부의 얼굴이 떠오릅니다.

몸과 마음 어디 있든지 남겨진 가족 꼭꼭 지켜주고 살펴주실 제부.

우리도 동생을 챙길 것이니 염려는 훨훨 놓으세요. 우리 제부로 와 주셔서 고맙고 또 고맙습니다.

그곳에서도 행복하시길 두 손 모읍니다.

- 둘째 처형_{妻兄} 씀

아름다운 이별, 당신을 보내고

이신남

한동안 아무에게도 방해받지 않으며 얻은 고독, 고독이 위로가 된다는 말.

혼자가 되고서야 당신의 빈자리가 얼마나 큰지, 그리고 당신의 울이 얼마나 든든했는지 알게 되었습니다.

아픔으로 마지막 눈 감을 때까지 내게 글을 쓰게끔 슬픈 사연을 남겨 주고 간 당신이 한없이 그리운 날들입니다.

호스피스 병동, 생의 마지막 공간이었던 그곳에서 아름다운 이별을 준비해야 했던 시간들.

철없는 아내를 험한 세상에 남겨두고 가는 마음이 어떠했을지.

수백 번 수천 번을 불러 준 '여보야'를 다시 한번 듣고 싶은 당신 목소리.

힘없이 누워 나를 바라보던 눈동자가 너무 맑아서 서러웠던 날들이었습니다.

많이 사랑했다고 말할걸, 일인용 침대였지만 당신 팔베개하며 눕고 싶었던 그 날.

옆에 누울걸, 참 예쁘다며 당신이 내게 먼저 입술을

내밀던 그 날 짧은 입맞춤이 아닌 긴 입맞춤을 할걸, 모든 것이 더 잘할걸, 더 많이 안아 볼걸, 후회하면서 시간이 흐르고 있습니다.

내 안에 남겨진 지난겨울 당신을 보내고 슬픔의 무게가 너무 깊어서 서러운 지금 당신이 너무 보고 싶어서 몸살을 앓은 적도 있습니다.

'우리를 사랑하는 나뭇잎 위에 가을이 왔습니다.'

예이츠의 시 낙엽의 첫 구절을 떠올리며 지난가을과 겨울은 전부 당신과 함께였는데 생각하면 눈물부터 먼저 흐르는 가을이 가고 겨울이 왔습니다.

다닌 곳마다 사진을 남기고 동영상을 남기고 푸르기만 한 자리, 하늘은 저렇게 맑은데 당신이 계신 그곳 하늘나라는 아무리 눈을 크게 뜨고 봐도 당신을 볼 수가 없네요.

당신은 나를 보고 있나요?

흐린 날은 구름으로 맑은 날은 바다처럼 당신과 내가 나란히 앉아 바라본 풍경을 다녔던 시간과 첫 발령지를 시작으로 처음으로 우리 집을 갖게 된 아파트를 둘러도 보고 든든한 두 아들과 눈에 넣고 가슴에 넣었던 제주도 3박 4일의 가족여행은 가족이란 이름으로 당신과 마지막 추억여행이자 신혼여행지를 다시 밟았던 2019년

한 해는 쉰넷 당신의 삶 그 짧은 인생의 마지막을 준비하면서 참으로 의미 있는 시간이었습니다.

많이 두렵고 힘들었지요? 겉으론 태연한 척 나를 위로했지만 얼마나 무서웠을까요?

이 고비만 넘기면 지상낙원이라는 단어를 썼는데 그곳은 얼마나 좋은 곳인지 끝까지 나를 배려한 당신의 말을 잊을 수가 없습니다.

"좋은 데 가니 걱정하지 말고 너무 슬퍼도 하지 마라. 살면서 해 볼 거 많이 했다. 홀인원도 했다 아이가. 세상 물정 모르는 당신 남겨두고 가는 거 마음으로 어찌다 표현 하겟노. 애들 잘 컸다 아이가. 의논하면서 셋이서 잘 살아야지."

그 목소리 환청으로 들리는 듯 옆에 있는 듯 자꾸만 당신이 앉은 자리만 눈에 보이는 지금, 시간이 지나면서 더 짙어지는 그리움입니다.

기약 없이 무작정 당신과 함께했던 자리를 찾는 날이 많아지는 시간, 자연 속에서 살았던 '바람꽃'이라는 문패를 달고 유배지를 갔던 날, 화롯불을 가운데 두고 불의 온도가 당신의 체온처럼 느껴졌던 때를 기억하며 한없이 걸었던 그 길을 둘러도 보았습니다.

　당신을 보내고 시간은 빠르게도 흐르고 있습니다.

　순간순간 두 아들 재원이와 재준이의 모습에서 당신을 너무 쏙 빼닮아 당신을 보는 듯 위로를 받네요 자주 갔었던 바다를 찾았던 어느 날 의자에 마음을 앉히고 끝없이 바다만 보다가 혼잣말을 했어요.

　바람은 머리카락으로 그립다고 읽었고 파도는 눈가에 소금기를 적셔가며 사랑했다고 읽는다고.

　많이 사랑했고 투덜거리며 미워도 했었던 지난 시간들 이제 침묵으로 남깁니다. 영혼을 드러내 놓은 겨울 나뭇가지 사이로 새순이 빚어낼 어휘는 어떤 문장을 만들어 낼지 바람이 가지를 흔들어대며 지문을 쓰는 중이라면 기쁨과 행복으로 가득 찬 문장이기를 바래봅니다.

　'자기야 여보야'로 수없이 불렀던 당신과 나 부부의 인연으로 와서 재원, 재준이 아빠로 함께 했던 시간 고맙고 행복했습니다.

　당신이 계신 그곳, 시침도 분침도 없는 세상일지라도 시곗바늘이 움직일 때마다 당신의 영혼도 환한 웃음으로 행복하기를 두 손 모아 합장합니다.

삶의 경계와 아타락시아

跋文

삶의 경계와 아타락시아^{ataraxia}

나호열(시인·문화평론가)

- Es ist güt!

우리가 잊어버린 것들

이신남 시인의 세 번째 시집 『울지 마라, 잘 살았다』는 읽는 이로 하여금 많은 생각을 일으키게 한다. 이 시집이 세상을 떠난 이에 대한 추모의 마음을 담은 시편들로 이루어져 있음은 분명한 사실이지만, 그러한 사실만으로 이 시집의 전모를 단정 짓기에는 부족함이 있다. 추모를 넘어서서, 그 추모의 마음이 일으키는 파장은 추모 너머에 숨어 있는 삶의 풍경들에 가 닿아서 우리가 잊어버리고 있던 삶의 배후를 상기하게 한다. 애써 피하고 싶은 죽음의 그늘과 개인과 가족이라는 사회적 관계의 의미를 되묻게 하면서 지금, 여기에 살아 있음의 고마움을 온전하게 느껴야 하는 당위성當爲性을 더듬게 하는 것이다.

우리는 이렇게 생각하며 살고 있다. "당연하게 나는 오늘 행복하게 살아야 하고, 그 행복은 영원히 지속될 것이다!"라고 말이다. 그러나 안타깝게도 무한한 행복은 한갓 꿈에 불과한 것이다. 길흉화복吉凶禍福이 한 몸이라는 것을 잊은 채, 안락安樂의 권태가 허물어지는 순간, 슬픔과 분노의 광포함에 휩싸이게 되는 것이다. 마땅히 있어야 할 것이 사라지고, 일상의 질서가 헝클어질 때의 참담을 겪게 되는 것이다. 불교에서는 태어나는 괴로움(生苦), 늙어가는 괴로움(老苦), 병듦(病苦), 죽음(死苦)를 네 가지 괴로움이라고 하고 여기에 사랑하는 사람과 헤어지는 고통(애별리고愛別離苦), 원한으로 맺어진 사람들과의 만남(원증회고怨憎會苦), 원하는 것을 얻지 못하는 괴로움(구불득고求不得苦), 인간이 구유하고 있는 물체인 색色, 감각인 수受, 인식하는 능력인 상想. 욕구로 말미암아 움직이는 행行. 마음인 식識이 일으키는 괴로움(오음성고五陰盛苦)를 일러 팔고八苦라 하였다.

무한한 즐거움이 없음을, 영원한 지상의 삶이 덧없음을 알면서도 짐짓 잊어버리는 어리석음은 오늘의 삶에 고통을 안겨주는 원인이겠으나 범인凡人은 탐진치貪瞋癡의 삼독三毒에서 좀처럼 벗어나기 힘들다. 왜냐하면 우리의 마음은 끊임없이 욕망을 일으켜서 그 욕망이 빚어내는 탐내고, 화내는 어리석음을 극복하기 어렵기 때문이다. 『울지 마라, 잘 살

앉다』는 이런 욕망의 삼독三毒의 풍경을 있는 그대로 우리에게 보여주고 있다.

제행무상諸行無常을 마주하다

하이데거는 인간을 '죽음을 향한 존재Being‑towards‑death'로 규정하고, 인간은 자신의 죽음을 알고 있는 존재로서, 그 죽음을 어떻게 맞이하느냐에 따라 진실한 삶과 허위의 삶이 있다고 말한다. 죽음을 인식하고 정면으로 받아들이는 것이 진실한 삶이라면 – 이는 자살과는 다르다 – 죽음을 애써 회피하는 삶은 가짜의 삶이 된다는 것이다. 그렇지만 삶의 유한함을 받아들인다 해도 죽음 그 자체를 온전한 의식으로 받아들인다는 것은 어려운 일이다. 신앙의 힘이나 체념과 같은 불완전한 의식의 소용돌이 속에서도 죽음은 여전히 받아들이기 힘든 역경逆境일 뿐이다.

몇십만 원을 주고
해마다 하는 검진에서는 소용이 없었던
흔하지 않은 암세포종이라 치료 약도 없는

이미 뼈까지 전이되었다는 소리를 듣고
다리가 휘청거려 주저앉았던
침샘암,
서울대병원 암센터에서 내린 병명
치료 약이 없단다

당신의 침샘은 막히고
내 눈물샘은 터졌던
그날은 2018년 8월이었다

- 「청천벽력」 전문

청천벽력靑天霹靂은 뜻 그대로 마른하늘에 벼락이 떨어지는 뜻밖의 일이다. 그 누가 청천벽력 같은 일과 마주치기를 반기겠는가? 병病을 얻어 환자가 되는 일, 그 환자의 아픔을 바라보아야 하는 사람의 마음을 헤아리는 일조차 버거운 일이다. 그러나 그들은 그 청천벽력에 굴하지 않고 죽음에 맞서 싸우기를 두려워하지 않는다.

늘밭마을, 자연 속이다

유배지라고 굳이 이름을 정한 이유는

써니포 친구 중에 유독 남편을 좋아하는 친구가

내게 내린 벌이라며 유배를 보낸 거라고 했다.

유머 감각이 뛰어난 친구다

방 한 칸에 작은 거실

편백으로 만든 좁은 집

마흔다섯 평 넓은 집을 텅 비워 놓고

서너 평 남짓한 공간에서

소꿉 살림을 차렸다

산길을 걸으며 자연에 묻힌 채

손을 잡고 걷고 또 걸었다

다리가 걸음을 허락하는 날까지

맑은 공기를 마시며

웃음을 울고

울음을 웃으며 그렇게

당신과 나의 가을을 보내기로 했다

- 「유배지 일기 1」

농경사회에서 산업화시대로의 급격한 변화는 주거住居의 방식, 가족의 개념, 공동체 삶의 양식을 송두리째 바꿔 놓았다. 무한경쟁 시대의 가족은 서로를 유배流配시키는, 그 유배를 아무렇지 않게 받아들이는 관계로 바뀌고, 경제적 풍요가 행복의 척도가 되는 삶으로 자연스럽게 허용되었던 것이다. '서너 평 남짓한 공간에서 / 소꿉 살림을 차리는 일'이나 '산길을 걸으며 자연에 묻힌 채 / 손을 잡고 걷고 또 걷'는 일, '웃음을 울고 / 울음을 웃으며 그렇게 / 당신과 나의 가을을 보내기로' 한 일들은 오래전 애틋했던 젊은 날로 돌아가는 희망의 유배로 상기되기에 충분하다.

시집 『울지 마라, 잘 살았다』의 1부에 실린 「유배지 일기」 연작이나 「투병일기」 연작은 역설적이게도, 당연한 듯하여 무덤덤했던 일상에서의 교감交感이 얼마나 큰 기쁨인가를 보여준다. '혼자 누우니 / 힘든 하루가 되고 / 나란히 누우니 / 애틋한 눈빛이 되는 / 고독에도 향기가 있다는 것을'(「외딴방」 부분) 우리는 오래 잊고 있었던 것은 아닐까?

생명의 길, 소멸의 길

죽음은 삶의 종말이 아니다. 생명에는 본래 종말이 없고, 끊임없이 이어지는 것의 한 과정에서 나타나는 모습이다. 생명의 지속을 위한 형태의 급속한 붕괴의 현상이 곧 죽음의 현상임에 지나지 않는다. 그러므로 육체는 죽어서 없어지더라도 생명은 없어지지 않는다. 죽음은 오직 생명의 한 형식적인 소재가 붕괴되어 다른 형식의 소재로 바뀌는 것일 뿐이다.

- 「힌두교에서 본 죽음」 정태혁

'햇살'은 참 따스한 손길을 담은 단어이다. 그 말에서 뿜어져 나오는 실낱같은 희망과 평화를 어찌 보듬지 않을 수 있겠는가! '햇살병동'은 그래서 긴 겨울이 지나고 새 생명이 움트는 봄 같은 병동이다. 시집 『울지 마라, 잘 살았다』 2부의 「햇살병동」 연작은 부제로 붙은 호스피스 병동의 암울함 속에서도 절망을 이겨내려는 젊은 부부의 눈물겨운 대화가 절절히 녹아내리는 사랑의 꽃인 것이다. 호스피스 hospice 병동은 적극적인 치료가 아니라 환자의 통증을 완화시키면서 마음의 안정을 꾀하는 목적을 지닌 병동을 말한다. 이곳에서 50대의 젊은 부부는 멋쩍고, 어색하여 마음에 두고만 있던 이야기들을 나누고 지금까지 하지 못했던 첫 경험들을 나누게 된다.

　'당신 나 사랑해? / 철부지 아내의 잦은 질문에 / 그걸 꼭 말로 해야 되나 라고 했던'(「햇살병동일기 7」) 사람이 결혼 27주년을 맞아 '환자복 차림으로 / 검은 나비넥타이를 하고 나온 / 당신 패션이 너무 멋있어서 / 서로가 꽃 화관을 머리에 쓴 채 / 마주 보며 슬픔을 웃고 있었다'(「햇살병동일기 6」)든가, '겁나고 두렵지요? / 두려울 게 뭐 있나 /할 거 다 해보고 조금 일찍 가는 거지/ 그동안 고생 많았다// 장례식 때까지만 울고 더는 울지 마라 /많이 울면 내가 저승도 못 간다(「햇살병동 일기 11」)고 서로를 위로해주는 일이 언제 또 있었던가! 남편의 관장을 하는 일(「햇살병동일기 9」), 마약 진통제가 투여되는 순간에도 컵에 손수 꽃을 꽂아 붉은 꽃다발을 건네주던 마지막 선물은 어찌 보면 손수 만든 생의 첫 선물이 아니었던가!(「햇살병동일기 1」). 그렇게 그들은 서로의 속마음을 내어주고 서로를 위로하며 생명을 꽃 피웠던 것이다.

　온전한 마음이다
　가까이 마주하며 내 손을 잡는 당신

무슨 말을 하꼬

사랑한다는 말밖에

싸움도 사랑이었고

투덜거리는 것도 사랑이었다

흘러내리는 내 눈물을 닦아주며

울지 마라

잘 살았다 아이가

애들 잘 키워줘서 고맙고

내 마누라여서 고맙다

여보

당신이 내 남편이어서 고맙습니다

　　　　　　　　　　　　- 「햇살병동일기 5」 전문

　그렇게 한 사람은 떠났고 한 사람은 남았다. 그러나 떠남
과 이별은 단절이 아니라 사랑이라는 견고한 고리로 이어
져 있음을, 남편과 아내로, 아이들의 아버지와 어머니로 이
어지는 생명의 영원함을 증명하고 고마워하는 시간이었음
을 체득한다는 것이 또 얼마나 소중한 것인가.

울지 마라, 잘 살았다

이 세상에서 죽어 본 사람은 없다. 죽는 순간에 소멸해 버리는 존재는 자신의 죽음을 증명할 수가 없다. 앞글에서 진실한 삶은 죽음을 정면으로 마주하는 것이라고 이야기 했다. 그렇다면 과연 죽음을 긍정적으로 받아들인다는 것이 가능한 일인가? 종교의 힘을 빌려 내세의 삶을 꿈꾸는 영생永生은 실현 가능한 일인가?

퀴블러 로스Elizabeth Kubler-Ross는 "ON Death and Dying" 에서 이렇게 주장했다.

죽는 사람의 심리는 무조건 죽음을 부인하고 고립화시키 려는 단계, 왜 내가 죽어야 하느냐는 분노의 단계, 죽음과 일종의 협상을 벌이는 단계, 협상이 잘되지 않으므로 의기 소침해지는 단계, 마지막으로는 모든 것을 포기하고 죽음 자체를 받아들이는 수용의 단계로 나뉜다.

이 주장의 타당성을 따지는 것은 이 글에서는 의미가 없 다. 이러한 단계를 거쳐야만 죽음을 받아들일 수 있는 것 도 아니고 ― 의식이 사라진 존재가 그러하거니와 ― 어느 단계에서 죽음에 이를 수도 있기 때문이다. 「햇살병동일기 5」는 시집 『울지 마라, 잘 살았다』가 먼저 세상을 떠난 이에 대한 추모를 넘어서서 죽음을 맞이한 사람이 이 세상에 남아있는 사람들에게 진실한 삶의 면모를 보여주었다는 점에서 그 의의를 살펴보아야 한다고 말하고 싶어진다. 온전한 마음으로 가족에게 감사의 마음을 전하고, 울지 말라고, 잘 살았다고 우는 이의 눈물을 닦아주는 의연함을 모든 것을 포기하고 죽음 자체를 받아들이는 수용의 단계로 받아들일 수는 없을 것이다.

새벽 6시
샤워를 하고 싶었다
머리도 감아야 한다는 생각을 하며
귀에다 자기야 샤워하고 올게
조금만 기다려주세요 라고 했다

씻고 머리를 말리는 동안
고르지 못한 숨소리였지만
들을 수 있다는 것에 감사했다
감은 듯 떠 있는
당신의 눈이 불편해 보여
간호사를 불렀다
눈 위에 손수건을 올려주란다
산소포화도가 높다

혈압도 맥박도 고르지가 않다
그래도 남은 온기가 있다
집에서 자고 있는 작은아들을 불러라 한다
당신의 발과 다리와 손에 입을 맞췄다

제 박자를 놓치며 급하게 뛰고 있는
당신 심장에 내 손을 얹었다
한때 서로 사랑했던 그 감정만큼 팔딱이는,
그리고
두 눈을 편안하게 감겨드리고 싶은 마음에
깨끗이 소독된 거즈를 올렸다
왼쪽 눈 위에 하나를 올리고
더 거센 숨소리를 들으며
오른쪽 눈 위에 또 하나의 거즈를 올리며
재원 아빠 눈 편안하게 감고 있어요 하는 그 순간
당신의 숨소리가 그쳤고
그렇게 팔딱이던 심장이 멈췄다

살 부비며 사랑했던 한 사람의 생이 끝나는 날
2020년 2월 11일 오전 7시 13분
내 심장도 멎을 것 같았던 이별의 순간이었다

- 「햇살병동일기 15」 전문

　사랑하는 이와의 이별처럼 아프고 슬픈 고통이 어디 있을까? 육신은 소멸해도 정령은 영원히 살아 있는 것은 아닐까?

　공자의 제자 계로가 귀신을 섬기는 것이 어떠한지 물었다. 공자가 대답했다. 사람을 제대로 섬기지도 못하면서 어떻게 귀신을 섬기겠는가? 감히 죽음을 묻습니다. 다시 대답하기를 삶도 아직 모르는데 어찌 죽음을 알겠는가!

季路問事鬼神 子曰 未能事人 焉能事鬼 曰 敢問死 曰 未知生 焉知死

- 논어論語 선진편先進編 제12장

　『울지 마라, 잘 살았다』에 실린 58편의 시 중에서 사랑하는 이를 떠나보낸 소회를 담은 3부의 19편을 제외한 시들은 발병發病과 투병鬪病 그리고 운명殞命에 이르기까지의 기록이다. 함께 하는 그 순간을 놓치고 싶지 않은, 절망에 빠지지 않고 끝까지 희망의 끈을 놓치지 않으려 했던 안간힘과 사랑을 확인하고 사랑을 나누며 고인의 육성을 고스란히 담아내려 했던 이 시집은 한 시대를 씩씩하게 걸어갔던 한 사나이의 족적足跡인 동시에, 유한有限한 삶의 진정한 의미가 무엇인지를 반추하게 만드는 넉넉한 사유를 나누어주고 있다. 우리에게 주어진 매 순간을 치열하게, 값지게 사는 일이야말로 진정한 죽음을 맞이하는 공력! 슬퍼하되 몸과 마음을 상하게 하지 않는 애이불상哀而不傷!

일 년이 지났다. 혼자 남은 듯하지만 여전히 우리는 함께 있다. '하늘나라에서도 가족을 위해 / 한 달에 한 번 월급을 보내는 / 당신이 고맙다(「유족연금」 전문)'

Es ist güt!

평생을 독신으로 살았던 독일의 철학자 칸트는 시중을 드는 사람에게 포도주 한 잔을 얻어 마시고 Es ist güt! 이라고 말한 뒤 숨을 거두었다고 한다. 참 좋다! 이 말이 포도주를 마셔서 좋다는 말인지 좀 더 심오하게 자신의 삶이 좋았다는 뜻인지 분명하지 않지만, 자신의 삶을 아름답게, 긍정적으로 마칠 수 있다는 것이야말로 성공한 삶이라고 생각된다. '울지 마라, 잘 살았다!' 와 'Es ist güt!'는 혼란스럽지도 않고 동요가 없는, 헛된 갈망에서 벗어난 평온의 상태, 즉 아타락시아ataraxia에 다름이 아니다. 영국의 메리 여

왕은 이런 유언을 남겼다.

　마지막 순간에는 아무것도 남지 않는다는 사실을 항상 마음속에 품어 오게 하신 하나님께 감사드리노라.

　시집 『울지 마라, 잘 살았다』는 참으로 아픈 기억을 되짚는 고통을 수반하지만 그 고통으로 말미암아 빚어지는 통찰이 새롭게 돋아나고 있음을 증명해 주기도 한다. 우리는 늘 홀로 서 있지만 우리의 가슴에는 사랑의 기억이 살아 숨 쉬고 있기에 삶의 경계는 무한히 뻗어가고 있다는 긍정의 신호를 읽을 수 있는 것이다.

　브로드웨이 호텔 206호실
　자정을 넘긴 텔레비전 뉴스에서는
　집중호우에
　부산에서는 두 명이 사망했다는 소식이 전해진다.
　인생은 그런 거다
　화려한 날 있으면 어두운 날이 있고
　가슴에 못을 박는 날 있으면
　가슴에 못을 빼는 날도 있는 것
　어둠을 밝히려 불을 켜고